Gabrielle Vincent

Ernest et Célestine

Le sapin de Noël

les Albums Casterman

– Oh ! Ernest… le beau petit sapin !
– Il est tout tordu, Célestine. Viens !

– C’était une plantation de sapins de Noël.
On l’a laissé là parce qu’il n’est pas beau.
– Mais c’est pour ça que je l’aime, Ernest.

– Célestine, cette année, pour Noël, tu peux choisir
tout ce que tu désires. Tout. Un vrai réveillon avec tous tes amis.

– Je peux choisir, Ernest ?...
Tout ce que je veux !

– Alors ?
– Je sais ce que je voudrais, Ernest ! Un vrai Noël dans la neige, près de mon petit sapin.

– Mais… tu peux choisir
tout ce que tu veux,
cette année, Célestine.
Tout !

– Eh bien, oui. C’est ça.

– Célestine…
Nous referons
la promenade…

– Nous reverrons
le petit sapin.

– Une vraie fête…
Célestine…

… Une fête avec
tous tes amis…

… Des cadeaux,
des vrais…

Des chapeaux
qu'on achèterait…

De vraies guirlandes.
Des gâteaux et tout...
Des disques...

– Qu'est-ce que tu as ?

– Célestine !

– Célestine ?

– Tu es déçu,
Ernest ?

– Moi, Ernest, moi…

… je voudrais un Noël
dans la vraie neige.

Avec toi, Ernest…

– Toi et moi.
Tout seuls.

– Rien que
nous deux !

Des bougies qu'on
peut allumer.

– Des vraies
étoiles.

– Dis oui,
Ernest !
Dis oui !

– Bien, d'accord. Tu auras ton Noël dans
la neige. D'accord.

– On pourrait même manger dehors !
Faire un feu de bois.
– Oh oui, Ernest ! Et quoi encore ? Cherche bien.

– Moi aussi, j'ai rêvé d'un Noël dans la neige, quand j'étais gamin.
– Raconte, Ernest. Raconte-moi tout !

– Je t'appelais, Ernest.
Qu'est-ce que tu fais ?
– J'écris des lettres.
– Des lettres ?
Ça sent si bon ! Tu prépares des gâteaux ?
– Il faut dormir, Célestine…

Cher Wladimir,

Rendez-vous le 24, à 10 h. Nous serons, Célestine et moi, là où ils ont coupé les sapins de Noël. (Sapinière de Léon).

Nous boirons un verre et après, nous fêterons Noël chez nous, avec des tartes, du café et tous les amis.

Ernest

Chers amis,

Venez avec les enfants le 24 à 10 h à la clairière (sapinière de Léon) – où il y avait les petits sapins de Noël.

Après, nous mangerons des tartes à la maison.

Ne rien dire à Célestine. C'est une surprise.

Ernest

Cher Clément,

Viens au rendez-vous avec ta femme et les enfants, le 24, à 10 h, à la sapinière de Léon. Nous y serons. Nous nous réchaufferons après chez moi.

Il y aura des tartes et du café.

Ne rien dire à Célestine.

Ernest

Vite. Il ne faut pas qu'elle se doute de quelque chose.

– Ernest !
Où étais-tu ?
Je t’appelais !

– Nous ferons tout ce que tu as dit, Ernest ?
– C’est promis.
– À nous deux ?
– À nous deux. Au lit maintenant, Célestine.

– Oh ! Ernest, regarde. Tous ces gens qui arrivent !
On n'est pas tout seuls ! Pourquoi ?

– Nous reviendrons ici demain, Célestine.
À nous deux. C'est promis.

– À demain, petit sapin.
Ernest me l'a promis.

– Maintenant, à ton tour, Ernest. Raconte-nous les Noëls de ton enfance…
– Quand j'étais petit… dans ma famille, le jour de Noël…

– Célestine… mes plus beaux souvenirs de Noël, ce sont les souvenirs des Noëls avec toi, depuis que tu es là. Demain, nous retournerons près de ton petit sapin…
… à nous deux.

– Rien qu'à nous deux ?

– Rien qu'à nous deux…

www.casterman.com

Achevé d'imprimer en juin 2014, en Chine.
Dépôt légal : novembre 2013 ; D2013/0053/139
Déposé au ministère de la Justice (loi n° 49.956 du 16 juillet 1949 sur les publications destinées à la jeunesse).

ISBN 978-2-203-06634-2
N° d'édition : L.10EJDN001227.C002